AF336241

ÉPITRE

D'UN
JEUNE POËTE

À UN
JEUNE GUERRIER.

PIÈCE

Qui a concouru pour le Prix de l'Académie
Françaife, en 1773.

Par M. ANDRÉ.

Sic itur ad aftra,

À PARIS,

Chez J. B. BRUNET, Imprimeur-Libraire de l'Académie
Françoife, &DEMONVILLE, Libraire, rue S. Severin,
vis-à-vis celle de Zacharie, aux Armes de Dombes.

M. DCC. LXXIII.

AVERTISSEMENT.

SOUVENT quelques Auteurs, n'ayant obtenu ni mérité le Prix de l'Académie, & très-persuadés néanmoins de la bonté de leurs Ouvrages, ont fait imprimer leurs Pièces, & ont appelé du Tribunal de l'Académie à celui du Public, qui ne leur a pas donné gain de cause. Ce n'est pas dans la même intention que je mets cette Épître au jour : l'Académie a très-bien jugé. Je n'ai ni assez d'amour-propre, ni assez de mauvaise foi pour me dissimuler le mérite de la Pièce couronnée. M. *D. L. H*, dont j'ai l'honneur d'être l'ami, sait là-dessus ma manière de penser. Je ne fais imprimer cette Épître que pour lui rendre hommage ; & l'Envie dût-elle en frémir, je ne serai jamais l'ennemi d'un homme qui n'aura commis d'autre crime que d'avoir plus de talent que moi.

ÉPITRE DÉDICATOIRE
A MONSIEUR
DE LA HARPE.

MONSIEUR,

JE saisis cette occasion de montrer au Public combien j'estime vos talens & votre cœur. La démarche que je fais aujourd'hui est assez rare, mais du moins elle est sincère : je ne crois pas qu'un Général vaincu ait jamais complimenté son Vainqueur sur le gain de la bataille. Il est vrai que cinq ou six mille hommes massacrés ne sont pas un grand sujet de félicitation. Notre combat n'a pas été si meurtrier: votre gloire est pure, & vos rivaux

A iij

ne l'ont pas payée de leur vie. Permettez-donc, *MONSIEUR*, *que je vous dédie cette Épître. Je me souviens d'un vers qui peint une ame honnête & sensible :*

Montrez-moi mon Vainqueur, & je cours l'embrasser.

Je n'oublierai jamais la leçon qu'il renferme : & je serai toujours avec l'amitié la plus tendre,

Votre très-humble & très-obéissant serviteur, ANDRÉ.

ÉPITRE

D'UN JEUNE POËTE

A UN

JEUNE GUERRIER.

Bellone enfin l'emporte, & tu choifis les armes,
Aux douceurs du repos préférant les alarmes,
Tu vas chercher, Damis, fous les drapeaux de Mars
Une gloire pénible, & d'illuftres hafards.
J'adore auffi la gloire : & fa flamme puiffante
Dans mon cœur qu'elle embrafe eft toujours renaiffante ;
Impénétrable aux traits des autres paffions,
J'éprouve ces défirs, & ces émotions,
Ces rapides élans que mon ame agrandie
Prend pour l'aveu du Ciel, & l'inftinct du génie.
Mais eft-ce affez ? Damis, ce rang, cette fplendeur,
Ce tribut de refpects qu'on paye à ta grandeur,
Cet accès près du Trône, & ces honneurs fuprêmes,
Ces Écuffons chargés de devifes, d'emblêmes,

Tout enfin, devant toi chaſſant l'obſcurité,
T'applanit le chemin de l'immortalité.
Pour moi, je ne vois rien où mon eſpoir ſe fonde.
Comment pourrai-je hélas ! percer la nuit profonde
Que le ſort répandit autour de mon berceau ?
O gloire, devant moi fais briller ton flambeau.
O gloire, ame du monde, aimable enchantereſſe
Accours, remplis mes ſens de ta ſublime ivreſſe.
Mère des vrais Héros, Déeſſe des grands cœurs,
Toi ſeule ouvres la lice, & nommes les vainqueurs :
Des Talens & des Arts je parcours la carrière ;
Je voudrais d'un élan la franchir toute entière ;
Surpaſſer Euripide, Homère, Cicéron ;
Rival heureux d'Appelle, & vainqueur de Myron,
Faire revivre en moi leur gloire réunie ;
Joindre le luth d'Orphée au compas d'Uranie ;
Les palmes des Talens aux palmes des Guerriers ;
Remporter tous les Prix ; cueillir tous les lauriers ;
En ceindre chaque jour ma tête triomphante.

Quels projets inſenſés mon vain délire enfante !
O ſouhaits malheureux ! ô trop fragile eſpoir !
L'homme ſouvent perd tout, quand il veut tout avoir.
Ainſi dans un verger enrichi par Pomone,
Où le ſoleil mûrit les préſens de l'Automne,
Nous voyons quelquefois des arbres étouffés,
Par vingt fruits différens ſur leurs tiges greffés.
Que l'Art heureux des vers ſoit le ſeul que j'embraſſe ;
Des Chantres immortels je veux ſuivre la trace,

Et formant fur mon luth des fons mélodieux,
Mériter d'être un jour affis parmi ces Dieux.

    Toi, de mes chants, Damis, fournis-moi la matière.
Déja la Paix s'envole : & la Difcorde altière (1)
Va changer à fon gré le deftin des États,
Du Nord qu'elle déchire armer les Potentats,
Et repaffant foudain les Mers hyperborées,
Nous apporter les maux de ces triftes contrées.

    D'un œil ferme & tranquille. affronte le trépas.
Que la gloire t'anime, & dirige tes pas.
Un Guerrier jeune encore eft fouvent téméraire :
A ta valeur, ami, mets un frein néceffaire :
Obéis à tes Chefs : & peut-être qu'un jour
Je te verrai, Damis, commander à ton tour.
Sur-tout que ta clémence éternife ta gloire :
J'aime à voir un Héros gémir fur fa victoire.
Malheur à ce Mortel, à ce Monftre abhorré,
Toujours ivre de fang, & de fang altéré,
Qui fe plaît dans l'horreur où fa rage le plonge,
Fait naître tour-à-tour vingt combats qu'il prolonge,
Et cruel de fang-froid, féroce fans remord,
Ne ceffe de frapper, qu'en vous donnant la mort.
Si quelque Ville enfin par tes armes contrainte
De fes murs foudroyés t'abandonne l'enceinte :

---

(1) On s'attendait alors à avoir la Guerre.

Réprime tes soldats : que les Arts exilés
Rentrent dans leur séjour par tes soins rappelés ;
Ah ! ne mets point ta gloire à paraître barbare ;
Sois un autre Alexandre, & respecte Pindare.

Alors permets, Damis, que j'élève ma voix :
Qu'en vers harmonieux célébrant tes exploits,
A l'aide de ton nom ma Muse se soutienne ;
J'établirai ma gloire en consacrant la tienne.
Garde-toi de penser que vil flatteur d'un Grand
Je me laisse éblouir par l'éclat de son rang.
Ami, la Vertu seule, & non pas la puissance
Dans mes fidelles mains fait pancher la balance.
Céleste Vérité, viens, préside à mes chants.
Dieux, étouffez dans moi le germe des Talens,
Si ma voix jusqu'alors incorruptible & pure,
Se démentait un jour & flattait l'imposture.

L'art de louer, Damis, cet art si dangereux,
Entre les mains du Sage est un moyen heureux,
Qui sert à rallumer ces généreuses flammes
Que l'amour du repos éteindrait dans nos ames.
Animé par ma voix, vole avec nos Français
De dangers en dangers, de succès en succès.
N'imite pas, Damis, la molle nonchalance
De ces jeunes Guerriers vaincus par l'indolence,
Qui contens d'un laurier qu'ils ont daigné cueillir,
Dans le champ de l'honneur refusent de vieillir.

Moi, tandis que ton bras se consacre à Bellone,
Je veux à mes rivaux disputer la couronne,
Et mériter des Prix, peut-être aussi brillans,
Par des combats plus doux, & des jeux moins sanglans.

Hélas! l'Auteur divin qui crayonna Zopire,
Et l'ame de Brutus, & le cœur de Zaïre;
Qui sut dans ses écrits se montrer à la fois
Poëte, Philosophe, & Précepteur des Rois;
Qui réunit enfin dans son esprit fertile
Sophocle, Euclide, Plaute, Arioste, & Virgile;
Ce grand Homme déja panche vers le cercueil (2).
Déjà la Parque est prête : & les Muses en deuil
Croyant de ses beaux jours voir la trame coupée,
Annoncent par des cris leur perte anticipée.
O Ciel, suspens l'arrêt prononcé contre lui.
Voltaire des Talens est la gloire & l'appui.
Eh! qui remplacerait cet homme inimitable?
Mais, si tel est du sort l'arrêt irrévocable:
Si ce front tant de fois de palmes couronné
De la nuit du trépas doit être environné;
Puissent quelques débris de son vaste héritage,
Lorsqu'il ne vivra plus, me tomber en partage.
Puisse-t'il me léguer les secrets de son Art,
Sa lyre, son génie, & sur-tout ce poignard,

---

(2) Tout le monde sait que M. de Voltaire a été dangereusement
malade cette année.

Ce Poignard si tranchant dont l'arma Melpomène ;
Ah ! c'est alors, Damis, qu'étalant sur la Scène
Ces mensonges heureux, ces prestiges puissans,
Que l'esprit inventa pour émouvoir les sens,
Ces Drames où de l'art l'innocente imposture,
Pour déchirer les cœurs, imite la nature,
Peut-être je pourrais aux siècles à venir
Transmettre de mon nom l'éclatant souvenir.
Je braverais alors les serpens de l'Envie ;
Ils siffleraient en vain ; cette horrible furie,
Exhalant de sa bouche un poison destructeur,
Voudrait anéantir dans sa sombre fureur
Le Guerrier qu'elle opprime ainsi que le Poëte ;
Mais encore un triomphe & l'Envie est muette.
L'Envie est sur la terre, & leur front touche aux Cieux.
L'arbre du Mont Liban, le cèdre audacieux,
Regarde avec dédain ces végétaux immondes
Qui rongent en rampant ses racines profondes ;
En vain de sa subsistance ils veulent se nourrir ;
Les frimats de l'hiver les font bientôt mourir :
Tandis que plus pompeux, plus ferme & plus auguste,
L'arbre étale à cent ans sa vieillesse robuste.
En vain de vils rivaux, d'obscurs persécuteurs
Poussaient contre *Villars* d'insolentes clameurs ;
Villars leur répondait par une autre victoire.
Imitons sa réponse en méritant sa gloire.

Hélas ! il est un temps où le bras sans vigueur
Ne peut plus se mouvoir & servir la valeur.

L'imagination par l'âge refroidie,
Est moins féconde alors, moins vive, moins hardie;
Je sais que des Héros dans l'hyver de leurs ans
Ont fait briller encor le feu de leur printems;
Que semblable à Sophocle on voit l'heureux Voltaire
Couronner de lauriers sa tête octogénaire;
Mais cet exemple est rare autant que glorieux.
Crois-moi, Damis, crois-moi, c'est un présent des Dieux!
Nul ne peut l'espérer, nul n'a droit de l'attendre.
Respectons ce bienfait : gardons-nous d'y prétendre.

A se flatter, Ami, l'amour-propre est enclin.
Quand nous verrons nos jours panchés vers leur déclin;
Quand les infirmités, ces fruits de la vieillesse,
Viendront de notre corps accabler la faiblesse;
Suspendons nos travaux : & n'ayons pas l'orgueil
De forcer la nature, & de franchir l'écueil.

D'autres tems, d'autres soins: si pendant ta carrière
Le Ciel ainsi qu'à moi t'a permis d'être père:
Cultive alors, Damis, ces rejettons naissans,
Héritiers de ta gloire, autour de toi croissans.
Mais ne te borne pas à des soins ordinaires.
Malheur à qui transmet à des mains mercenaires,
A des hommes gagés, ces droits si précieux,
Ces droits aux pères seuls réservés par les Dieux.
Voit-on le roi des airs, voit-on l'aigle superbe
Confier aux oiseaux qui se cachent sous l'herbe

Un aiglon généreux, dont l'œil vif & perçant
Doit fixer du soleil le disque éblouissant !
Au-dessus des rochers, loin des routes connues,
Lui-même il l'accoutume à planer dans les nues.
Lui-même il rallentit ou presse son essor.
Et l'intrépide aiglon, fier du sang dont il sort,
Signale sous le Ciel son audace première,
Et vole se plonger dans des flots de lumière.

Eh ! que font à tes fils les antiques exploits
Des Grecs, & des Romains, célébrés tant de fois ?
Ne peut-on leur vanter que les palmes d'Arbelles ?
Nous avons remporté des victoires plus belles.
Au lieu de Marathon, parle - leur de Rocroi.
Qu'ils sachent que ton père aux champs de Fontenoi
A prodigué son sang sous les yeux de ses maîtres.
Fais-leur jurer, Ami, d'imiter leurs ancêtres.

Moi, je veux que mes fils marchent dans ces sentiers
Où Corneille & Racine ont cueilli leurs lauriers.
Qu'ils courent étancher la soif qui les dévore.
Aux sources du Permesse on peut puiser encore.
Eh ! quand par nos enfans nous serions surpassés ;
Quand ils effaceraient nos triomphes passés ;
Sans en être jaloux, jouissons de leur gloire.
Les demi-Dieux assis au Temple de Mémoire,
Au sein de l'allégresse oubliant leurs travaux,
D'un air doux & serein contemplent leurs rivaux,

Ces Héros favourant le nectar, l'ambroifie,
Regardent fans regret, comme fans jaloufie,
Leurs convives heureux, de fplendeur revêtus,
Attacher fur leurs fronts quelques palmes de plus.

Lu & approuvé, à Paris, ce 14 Août 1773, MARIN.

Vu l'Approbation. Permis d'imprimer ce 17 Août 1773.
DE SARTINE.